どこに行く日本

土田 喜三

Tsuchida yoshizo

風詠社

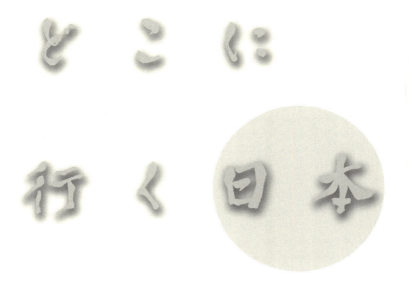

序文

最近の日本を見るにつけ、希望の持てる事柄が少ないように思えます。殺人、強盗、虐待、子供の自殺、オレオレ詐欺など、他にも暗い話が多過ぎると思いませんか。

昔は子供の自殺などほとんどなかったと思うし、考えられないことでした。どうしてこのような暗い事件が多くなってきたのでしょうか。それはやはり教育の問題もあるでしょうが、何よりパソコンやスマホなどＩＴの発達によって、それらの文明の利器に頼り過ぎる生活に変わってしまったことが大きな原因なのではないかと思います。自分以外の人の気持ちを考えることがなくなり、思いやりや協調性、親切心といった心の中の大切な部分をなくしてしまった人たちが増えたからではないでしょうか。

それらは人々の心の緩みや世風の影響と思われ、同じ日本人として今の日本に警鐘を鳴らす意味でペンを執った次第です。

本当の日本の姿、本当の日本人の心とはどういうものであったのか。清らかな川が流れる美しい風景が、本来の日本人を象徴しているように思います。優しくて思いやりがあり、他人に親切な日本人。日本を訪れる外国人の多くは、そうしたイメージを求めてやってくるのではないでしょうか。

自然の中の美しい風景や素朴で温かい人柄、繊細で味わい深い食文化など、彼らが憧れ、私たち日本人が誇りに思うべきその文化は、残念ながら近年急速に薄れてきているように思います。けれどそれは、日本が守らなければならない最も大切なこの国の魅力なのかもしれません。

どこに行く日本

目次

日本の現状

周囲を海に囲まれ、内陸は緑あふれ水清らかな国、日本。

そんな自然環境の中で生活してきた日本人。

外部に閉ざされ外からの影響を受けることなく、他の国にはない独自の文化が形成されてきた。

心優しく思いやりのある日本人が作る、美しくて繊細な和食は世界からも注目されている。美的感性に優れ、特色のある素晴らしい様式を、日本人は作り上げてきたと言えるだろう。

けれど、最近の日本はどこかこれまでとは様子が違う。欧米文化を取り入れながら大きく発展し、ＧＤＰは世界第3位となったが、日々、報道されるニュースで目立つのは、親が子を殺したとか、子が親を殺したとか、親が子を虐待しているというような事件ばかり。こうした信じられないような出来事が頻繁に起こるようになってしまったのは、なぜなのか。動物にも劣る行為ではないか。なぜ、このような事件が多いのか。

戦後、団塊の世代に生まれた親のもとでバブル期に育った子供が、大人になった今、自分の子供との親子関係の中で起きるケースが多いような気がする。バブル期に育った子供は、親に甘やかされ、ちゃんとした躾をされないまま大人になってしまった。このことが一つの要因なのではないだろうか。躾を知らない親が、自分の子供に躾を教えることはできないからだ。そして可哀相なことだが、躾の出来ていない親に育てられた子供たちもまた事件を起こしてしまうように思われる。

２０２０年に東京オリンピック・パラリンピックが開催されるが、その標語は「お・も・て・な・し」となっている。一体誰をおもてなしするのか。来日する外国人だけなのか。日本人が日本人をおもてなしはしないのだろうか。

いただきますを言わせないで？

先日、西日本新聞の「こだま」欄に学校給食の時間に「いただきます」を言わせないでほしいという投稿があり驚いた。また、学校がそれを受け入れて「いただきます」と言わせるのをやめられたと聞いて、二度驚いた。

ところで、「いただきます」の意味は何でしょう。私たちは様々な命を頂き、生活しています。農家の人、畜産に携わる人、また漁業に携わる人たちが雨の日も風の日も休まず育ててくれたものが食卓に上がります。それらの命をもらい、育てて提供してくれている人たちにも感謝を込めて「いただきます」と言っているつもりです。給食を作っている方に対しても感謝を込めて「いただきます」と言ってはいけないのか。お金さえ払えば関係ないと言われるのか。

学校で命の大切さや物事に感謝する教育もできない先生など、子供を指導する資格がないのでは。

このような指導者に育てられた子供の将来はどうなるのだろう。最近いじめやオレオレ詐欺、子供の虐待が増える中で、心の教育が必要に思います。何でもお金だけで解決しようとする考え方に疑問を感じます。

議会制民主主義

最近の政治にしても考えさせられる。

たとえば、森友学園の問題、加計学園の件でも同じであるが、疑惑の塊ではないか。野党が追及しても、まともな答えは出てこない。自分の立場や政府を守るために「記憶にない」「記録もない」を繰り返すばかり。国民に理解できるような答弁をしているとは到底思えない。

総理大臣も「丁寧に詳しく説明します」と約束されていたと思うが、いまだに説明がないのはなぜか？　自分の聞き漏らしか。どう考えても黒に近い灰色である。それに、総理夫人はただの民間人なのだろうか。外国訪問時には同行し、国内には専属の秘書が何人かいると聞く。それは個人で雇用しているのか。公費だと聞いているが……。それでも民間人というのか。たまたま総理夫人だったから一緒に外国訪問するのか。それは国を代表して同行していることになるのではないか。

森友学園の問題も加計学園の件も、いまだ解明されていないのである。言葉自体が軽く感じ、その場しのぎの答弁と言われても仕方がないだろう。総理夫人も何もやましいことがなければ、公の場で釈明すればよいではないか。

当時の書き換えを指示された担当者が、自殺する前に遺書を書いていたとの報道があったと思う。それでも上司は、知らぬ存ぜぬ、記憶がないと答弁した。一体誰が書き換えを指示したのか。

有名大学を出て財務省に入れたのは、それだけの能力があったからだろう。そのような人物が短期間の出来事を、小さなことならまだしも、森友学園のように八億円の値引きを覚えていないと言うのは到底信じられない。そのことで人一人自殺に追い込まれたのである。ご家族の無念さはいかほどだろう。自殺したご本人の気持ちはどうだったのだろうか。上司の言動は、一種の殺人教唆に当たらないだろうか。人間性が疑われる。その当時の同省理財局長は懲戒処分を受け退官したが、退職金は数千万円とも言われている。そして、最近別の組織のトップに就かれたというような話も聞く。家族のつらさ、憤りは増すばかりであろう。家族の気持ちはどうだろうと考えると胸が痛む。

書き換えを指示した当時の上司は心が痛まないのだろうか。同じ係の他の人たちはなぜ黙認するのだろう。本当に国のことを考えているのだろうか。まさに、自分の立場や身の安全のみではないか。これでは他人へ「おもてなし」などできないだろう。

関係者の答弁は「記憶にない」「書類はない」の無い無い尽くしである。すべて部下に押し付けて責任逃れをしているように見えるが、それでも部下は黙り続ける。

野党も情けない。あれだけ国会で追及しながら、国会が閉会すると、その後の動きは全く見えない。質疑すらしない。もう忘れてしまったのか。それとも済んでしまった昔のことと思っているのだろうか。野党もパフォーマンスにしか見えないのは私だけなのか。それが原因で野党の支持率が伸びないのではないか。つまり頼りない感じになってしまっているのである。

言論の自由、結社の自由でいろいろな組織が乱立し、多くの意見を協議することは、大変良いことと思うが、自分の会派の意見の主張のみで、他の意見を参考にし吟味しているようには思えない。詐欺師以外は、自分の意見は間違いないと自信を持って発言しているだろう。それが果たしてベストなのか考えてほしいものだ。

最近の代議士は、知性はあるかもしれないが、プライドも理性も思いやりもない。暴言や金銭のごまかしなど、品格がなく、尊敬できる立派な人格の持ち主とは言えない人が多い。基本的な言葉の使い方や話し方も知らないような人もかなりいる。

民主主義とは一体何なのか。

すべて多数決で決まれば、すべて民主主義だと言えるのか。

日本の議会の民主主義とは何だろう。衆議院で可決された法案が参議院に送られ否決されても、衆議院に戻されて与党多数の原理で可決されれば結果は同じである。否決されたら衆議院で再度議論すべきではないか。今のままでは何のために参議院があるのかわからない。民主主義の中での二院性は何のためにあるのか。ただの形式だけではないか。

このような二院制は必要あるのか。アメリカなどでは上院と下院があり、上院で可決されても下院で否決されれば法案は通らない。これが二院性の役目だと思う。つまり、多くの考え方を有意義に活用しているのである。

また国会の話になるが、総理は地方の意見を取り入れるためと議員を増やしたようだが、本当に地方の意見を聞いているのか。民意とは何なのか。

沖縄の普天間基地の辺野古移設問題についても同じことが言える。県民投票で多数の反対者が出ても政府の方針は変わらない。民意が必ずしも正しいとは言えないが、それを政治がどう検討して結論を出すかが必要なのではないか。国民が何を言っても聞く耳を持たず、総理や閣議だけでの決定では民意を問う意味がない。アメリカと安全保障で確約しているからというが、それではどうすれば国会で検討してもらえるのだろうか。

一年生議員の発言を聞いたことがない。いつも出てくるのは閣議決定である。どこまで地方の意見や一般議員の意見を聞いているのか。そして誰が決めているのか。一体、閣議の構成はどのようになっているのだろうか。

地方議員や若手議員の意見を聞きながら閣議を行い、与党による協議の上議案に反映されたりしているのだろうか。上層部の意見に反対すれば村八分にされ、次の選挙で推薦してもらえないと聞く。

わかりやすいのは地方選挙である。選挙で分裂し他の候補を応援した場合は厳しい仕打ちとも言える扱いをされるらしい。

議員定数を増やして本当に多くの一般議員の意見を聞き、討議討論しているのだろうか。与党の人数を確保するための詭弁ではないのか。志を持って議員に立候補して当選しても、ただ議席を温めるだけと感ずるのである。若手議員はすべて閣議に疑問や不満はないのか。ただ黙って黙認しているだけなのか。国会議員に当選したら、選挙時に公約したことはどうするのか。つまり国民のためではなく、自分が国会議員として残りたいがための、自己防衛だけに見える。もちろん国会議員にならないと何もできないのは理解できるが、本当にそれでよいのか。

今の政治を見ていると、第二次世界大戦時代の独裁政治に似ているように思う。当時は軍部の独裁時代であったと思うが、今の政治はそれに近いように思えるのは私だけか。与党の独裁なのか総理独裁なのかと考えさせられ、官僚も常に総理や大臣の顔色を窺っているように見える。これは邪推か。

また、総理が三選されたときに「国民の過半数の支持を得た」との発言もおかしいと思う。国民（有権者）の半分とは何だろう。投票率40％前後の半分は有権者の20％程度であり、国民有権者の半数以上の信任を得たとは言えない。小学生でもわかると思うが。

確かに、選挙に行かない有権者が一番悪いと思う。では、一体なぜ選挙に行かないのか。行っても行かなくても何も変わらないとあきらめている人が多いのも事実である。ただ、人間性も人格も政策も知らないまま「友人や知人に頼まれたから、その人に投票してきた」と言う方もかなりあった。つまり、投票するのが与党であっても野党であってもどうでもよいのである。

ある友人が「政治家になれるのは平気で嘘をつける人」と言っていたが、そうでないとなれないのかもしれない。現在の地方議員を含め、当たらずとも遠からずの感がある。

森友学園や加計学園の件でも官僚や担当者が「記憶にない」「書類はない」との答弁をしている。常に上から目線に見える。こんなことで日本は果たして大丈夫なのだろうか。

選挙のときは有権者に平身低頭し、選挙が終わり当選した晩には態度が変わる。常に上からの目線で話すか、自分に都合が悪いときは聞こえないようにするか、話だけ聞いて、あとはなしのつぶてか。世話を頼めば見返りを求め、特に地方では政治活動をしている様子も見られない。よく目にするのは、飲食店でお酒を飲んでいる姿。それもそれらしき人と一緒に。

あるとき、知人より候補者の支援を頼まれたことがあった。その候補者に「政治理念は?」と問うと、「落選したら生活ができないから」と言われ、「それならばハローワークに行ったほうがいいのでは」と提言した。もちろんその候補者は落選である。

最近、地方議員の不祥事が多いこと。公費の無駄遣い、企業から受け取る多額の口利き料など。昔の地方議員は、その地域の名誉職という自覚もプライドも持っていたと思う。

政務活動費をどのように使用しているのか。

地方議員を含め、海外研修視察にしろ、視察研修資料の作成をしているのか。民間企業であれば、海外研修などが行われた場合、作成したレポートの提出を必ず求められる。一体、政務活動費とは何のために支払われるのか。

民間であれば、もちろん必要経費の領収書を提出しなければならない。つまり領収書がないと税務署が認めず、収入とみなされ税金がかかる。だから必ず領収書の添付が必要で、「領収書がない場合は所得とみなされ、課税対象となる」のだと税務署は言うのだが。

しかし、議員さんたちはその必要がないのか、見たことも報告を受けたこともなく提出は不必要と聞く。そのためか経費の内容がわからないので政務調査費を私的に流用する事件がいかに多いことか。すべて税金を使用しているのである。領収書も報告書もレポートも提出不要なのか。それが議員の特権なのか。すべて国民の税金である。不公平ではないか。

また、立場を利用した上からの発言がなんと多いことか。国民のための地域の代表であり、代弁者だということを忘れているのか。それとも能力がないのか。どちらかであろう。いつの間にか偉くなったように錯覚して、それが態度に出てしまっているように見える。

国会中継では、居眠りしている大臣や議員が映し出される。そんな態度は全く国民に対して無礼であろう。

議員を含め公務員の方たちは、自分たちの給与が税金から支払われていることを知らないのでは?と本気で疑ってしまうほどだ。お金を稼ぐ苦労を知らないのだろう。仕事に対して責任がかからないように、仕事が増えないようにと、自分の立場を守ることに専念していると思われても仕方あるまい。

さすがに最近は少なくなったようだが、ある市役所に行ったとき、こんなことがあった。午後4時半を過ぎると女性の机の上がきれいに片付いている。どうしてなのか聞いてみると、「帰る準備のため化粧室に行って、時間が来たらすぐ帰られるようにしている」と言っていた。全く呆れるしかない。民間企業では到底考えられないことである。このような人がいることに疑問を持つのは、公務員に対する偏見なのだろうか。

人事院勧告についても同じだと思う。統計問題で国会が紛糾する中、見方によっては「アベノミクスは間違っていない」と国民をだましているようにも見える。

ともかく国家公務員にしろ、地方公務員にしろ、公務員の待遇には疑問を持つ。民間であれば、社員を含め会社全体で努力するからこそ利益が増し、所得も上がると考えるのが当然である。中小企業は国全体の90％くらいだと言われており、いかに苦労しているかを少しは想像してみてほしい。大企業の下請けは厳しい条件を強いられ、果たして労働基準法で定めた勤務時間を守っている企業はどのくらいあるだろう。

ましてや家内企業、第一次産業で働く人は、法律で定められた労働時間を守れているだろうか。いや、守っていては企業が成り立たない、生活ができないのではないか。零細企業や農家の人たちは朝から晩まで働いている。

国は働き手が少なくなってきたので女性の働ける環境を作ると言って、幼稚園や保育園の増設を決めているが、果たして効果が上がっているのだろうか。

聞くところによると保育士が不足していて、満足な保育ができていないそうだ。なぜ保育士が不足するのか。保育士の仕事はかなりの重労働であるが、彼らの平均年収は３００万円前後なのだとか。一方で公務員はどのくらいもらっているのだろうか。次世代の人間を育てるためには、もっと保育士の待遇を充実させるべきだろう。子供は国の宝なのだから。保育施設を増やして待機児童をなくし労働力を確保したいなら、何らかの規制を検討する必要がある。

そんな状況の中、法律を作り規制をしても悪い人は多い。社会福祉施設でも民間保育園でも国の補助金を目当てに、施設の構造や人員の確保、体制の強化、働く者の待遇などより、ただ組織が利益を上げることばかりに終始している悪徳業者もかなりあると聞く。そんな現状で、果たして国は次代の日本を担う子供たちを育成していると胸を張って言えるのだろうか。

先日、ある市役所の職員の所得が発表された。それを見ると、地場民間企業社員の所得より2割か3割程度の開きがあった。民間企業で退職金の規定があるところでも公務員の半分以下、雀の涙程度である。地方公務員でも、無事に定年まで勤め上げれば退職金は数千万円だという。これは実際に本人に聞いたことである。中小零細企業でそれだけの退職金を支払ってくれるところは、どのくらいあるだろう。退職金が支払われても、おそらく大した金額ではないと思われる。そうして働いて払った税金が公務員の所得である。それも税金を払ったほうよりももらうほうが多額である。なぜ誰も不公平に思わないのか。

第一次産業で働く人が減少するのは、所得が少ない上に重労働が多いためである。第一次産業ではないが、ある道路工事現場で交通誘導をしている作業員と話したことがある。1日8時間、もちろん休憩時間もあるとのことだが、夏は暑く、冬は寒いし、雨の降る日も風の日も1日道路に立っているそうだ。給料は日給制もしくは月給制のようで、1日8千円から9千円程度と聞くと同情するしかない。もちろんボーナスもない。いっそ公務員に体験させたらどうか。そうすれば民間企業で働く者の苦労が理解できるのではないか。

日曜祝祭日に行われる地元のボランティア活動には多くの市民が参加しているが、そこに来ている地方議員や公務員の数のいかに少ないことか。特に議員の場合、皆無に近い。これでよいのだろうか。地域の議員や公務員は地元のことではないか。それで地方の活性化や事情がわかるのだろうか。

昔から「遅れず、働かず、休まず無難に定年まで働けば、自然に給料は上がり、ボーナスはもちろん退職金ももらえる」のが公務員だと聞いてきた。

今では多くの人が大学に進学するようになった。知識を増やし教養を高めるのは良いことだが、卒業後の就職先を選ぶとき、安全で給料が高く、休みが多い職場を選ぶ。果たしてこれでよいのか。仕事であれ、自分のことであれ、未来の夢に向かって挑戦する人がどのくらいいるだろう。このままでは、優秀な技術者は育たないし、職人になる人もいなくなってしまうかもしれない。土木・建築現場の職人さん、ゴミ収集等に携わる人がいなくなると、今後10年、20年先の将来、社会はどうなる。風土に合った建築、文化財の保存などはどうなるのか。環境を守れるのか。

楽な仕事が本当に幸せなのか。人にもよると思うが、目標に向かって突進し失敗を繰り返して成功したときの達成感はどうだろう。これが幸せの一つではないか。

外国人の就労を多く認めるように法の改正が行われたが、果たして外国人は日本人が持っている技術を習得するまでにどれくらいの時間がかかるだろう。それまでの間、たとえば土木・建築業やサービス業などはどうなるのだろう。大学に進学して大企業などの高収入を期待できる就職先を目指す多くの日本人。安全で安心な企業に就いて気楽に勤務し、基礎を知らずに教科書のみに頼った物を作った場合、現場とはかなり違うのに戸惑い、粗末なものが出来るのではないか。

小生の知り合いの夫婦に地方公務員がいるが、一戸建て住宅に住み、高級外車を乗り回し、5、6カ所のゴルフ会員権も持つ。年間に50回以上、ゴルフに出かけると話していた。他にも定年退職後に高級車を買い、働かず趣味を楽しむ生活をしているという公務員がいる。誠にうらやましい限りである。こうした話を耳にするたび、就職先として公務員を選ぶ気持ちはわかる。そのほうが待遇面で楽だからであろう。民間では会社の経営者であっても軽自動車に乗り、ゴルフは仕事上の付き合い程度でしか行けないのが普通である。

人事院勧告も大企業の所得を基準にしているようだが、地方の民間とは所得が大きく異なり、働く時間も責任も全く違う。あくまで国民が払った税金が彼らの給料である。借金大国の日本、債務を減らす計画は何も見えず、経済発展を理由に国債を増やし続けるとともに議員報酬や公務員の給料は上がるばかりである。

民間企業の多くは、売上より負債が多ければ、人員削減や給与のカットをしながら健全な経営に努めている。民間であれば負債があると銀行融資は断られ、即倒産となるのだ。

戦後の日本

戦後日本の生活が大きく変わり、持ち家に住む核家族が増えていった。様々なメリットがある反面、デメリットも多い。昔みたいな大家族時代のメリットを忘れてはなるまい。核家族になれば嫁姑問題も軽減され、表面上はお互いを理解したつもりになれるかもしれないが、実際は心がそれぞれ別のところにある場合が多い。

昔の二世代、三世代同居のときは、子供が病気をしても年寄りがアドバイスや手助けをしてくれたものである。今は、自分の子供さえまともに躾けられない親が多いのではないか。共働きであっても、世代同居家庭では安心して勤めに行けるが、核家族であれば保育園や幼稚園あるいは託児所に頼るしかない。子供を預けられるところが見つかればまだよいが、待機児童となれば親は働きに行くこともできず、費用もかかることになる。

小学校に入ると、学校が終わって帰宅しても家には誰もいないことになる。親は自分が家に戻ってくるまで子供が何をしているかわからない。学童保育もあるけれど、自分の子供を他人に預けるだけでよいのだろうか。つまり子供の教育にお金がかかり過ぎるのではないか。

核家族が増えることによって隣近所との付き合いもなくなり、地域の行事にも参加しなくなっていく。隣にどんな家族が何人で住んでいて何の仕事をしているかも知ろうとしない。そこにあるのは、ただ自分の家族のことだけを考えていればよいと思っているかのような個人主義である。

最近大きな災害が多発し、高齢者の増加によって独居老人などが増える中、盛んに公助、共助、近助、自助と言われているが、近所にどんな人が住んでいるか全くわからないのである。どうすればよいのだろうか。知ろうとすれば、役所を含めて「個人情報だから教えられない」と言われてしまう。

これで災害があったときに、公助、共助、近助ができるのだろうか。おそらく本人が災害や事故にあったときには近所に「助けてください」と言うだろう。つまり困ったときだけ他人に頼るような自己中心的な人ということになる。普段、他人のことは関係ないと思っているのに、困ったときだけ「助けて」と言う身勝手な人が多いのではないか。


さて、今や就職は売り手市場。少子高齢化により、働ける人が少なくなっているからだろう。日本は今まで技術革新をして、ここまで裕福になった。特に中小企業の努力の賜物と思う。しかし、現在人々は企業も含め、お金中心で、お金さえ儲かればよいというような風潮が見られる。お金さえあれば何でもできると勘違いしていないだろうか。

昔の人は、金持ちになると後世に残るものを形で残してきた。そのようなものが今重要になり、また利用されている。つまり将来に向けての公共への投資である。お金で買えないものがあることを、私たちの多くが忘れてしまっているのかもしれない。その一つが人の心である。

就職情報を見る限り、多くの人が東京の大企業を望んでいる。一方では、自分の希望に合わないことを理由に就職せずニートになる人も多い。

地方創生が叫ばれているが、現実には地方の疲弊がひどくなっているようである。なぜなら、地方に行くと待遇は良くないし、それなりの企業もないからだ。地方が疲弊することによって町や田畑は獣の棲家となっていき、農家の作物が荒らされたり、場所によっては熊などに襲われる状況になりつつある。農家が減り作物の生産が減少する中、育てた作物の見栄えが悪ければ出荷できず廃棄することになり、農家の収入は減る。形が悪くても味は変わらないのに、なぜそのようなことになったのか。ただ見てくれだけで選ぶのは人間の容姿についても当てはまる。第一印象で結論を出すのと同じである。これではいつの日か本当に食糧難になるときが来るかもしれない。

日本沈没

東京一極集中となっている現在、東京直下型地震や東南海地震があったら日本はどうなるのだろうか。高層建築は耐震や免震、制震構造となっており、地震に対しても安全と言われているが、東京直下型地震が来て熊本地震のような地盤の隆起があった場合でも大丈夫だろうか。南海トラフ地震など、東日本大震災みたいに大きな津波が襲ってきたとき、沿岸にある都市は津波の心配がある。

万が一にも高層ビルが倒壊したら多くの死者が出るのは間違いないし、その他のビルや建物及びインフラが崩壊したとき、日本はどうなってしまうのだろうか。

電気・水道・ガスが止まったとき、どうするのか。政治経済がストップしたら日本はどうなる。一極集中の怖さではないか。そのための地方創生と考える。大企業の本社の一部分散、工場等の一部分散を考慮すべきと思うが。

これだけＩＴが発達した現在、テレビ電話、メール等をもっと有効に利用できないものか。地方に事務所の一部を分散したら、業務にどのくらいの負担がかかるだろう。人件費も家賃も東京より安いし、テレビ電話やメール等を使用すればあまり影響はないのではないか。地方に会社を分散すれば地方は活性化するだろう。それに東京直下型地震が起きた場合、企業や政治経済がストップするリスクを減らせるのではないか。東京一極集中の状況の中で直下型地震が起きれば、日本沈没のおそれさえあるのではないだろうか。

つまり企業が地方への分散を進めれば、地方が活性化されるとともに日本を守ることにもなるのではないかと思う。

先日テレビを見ていて、有名大学卒業生で20代から30代ぐらいのニートが発言しているのを聞いて唖然とした。自分たちはニートであっても生活に必要な範囲でバイトをして生活しているので、社会には一切迷惑をかけていないと言っていたのだが、これには驚いた。司会者がゴミはどうしているのかと聞くと、ちゃんとゴミ袋を買って出していると真顔で答えた。そこで次にそのゴミは誰が片付けているのかと聞くと返事がない。

また、好きな車を自分で買って、給油してドライブを楽しんでいるとのこと。それは自由だからという。そこでまた司会者が質問する。道路は誰が作ったのかと。医療費も払っているという。7割は誰が払っているのかとの問いにも返事がない。いや、気づいたのだろう自分の生活だけでは何もできないことを。

大学に通い、優れた知識や能力を持っているのだろうが、自分以外の人と協力し合うことや社会がどのように成り立っているのかといったしくみを全く理解できていないことに驚いた。

自分さえ楽しく生活できればよいと思う人が増えていて、考えさせられる。

自分が安全に、刹那的でも楽しく過ごせるのは社会があって、働くところがあるからということを忘れてしまっているのではないか。社会とは、人々が助け合いながら形成されているものではないか。

文明の利器が発達するにつけ、人と人とのふれあいが少なくなっているように思う。スマートフォンの普及によって、相手を誹謗したり傷つけたりしても何も感じない「ながら族」が増えてきたのではないか。

電車に乗っても半数近くがスマートフォンを見ているし、スマートフォンを見ながら自転車や車の運転をしている人さえいる。これでは事故が起きて当然だろう。また、こうした「ながら族」に何かを頼むといつも上の空で作業するので、まともなことができない。

つまりスマートフォン依存症である。ゲームが悪いとは思わないが、依存症の子供は今後どのように成長するのであろう。人の心も痛みも感ずることなく大人になって、ゲーム感覚で人を傷つけたり、殺したりするようにならないだろうか。

先に述べたように、お金があって自由があれば他は何も関係ないと思っているのではないか。今、楽しく楽に生活できればと、その日暮らしの考え方だと思う。安定して苦労せず、楽しさだけを求めることが本当に幸せなのか。

今のままでは、自分自身を向上させるために努力し、苦労して失敗を重ねながら良い結果が出たときの喜びや達成感を味わうことができないだろう。苦労して失敗しての繰り返しがあってこそ、人は前に進んでいけるのではないだろうか。そういう経験を人々がしなくなったとき、日本はどうなるのか。技術大国と言われた日本はやがて消えて無くなることになるだろう。

果たして自由とは何だろう。

よく芸能人が離婚発表をするが、理由が勝手過ぎる気がする。性格の不一致と……。ただの売名行為に見えるのは私だけだろうか。兄弟でも親子でも性格は違うと思う。自由でいたいだけで、相手のすることが気に食わなければ協力せず、努力しようとしないのではないだろうか。譲り合い助け合って初めて家族ができると思うのだが。昔は、顔も知らない人とお見合い結婚をしても幸せな家庭を作った人が多いと思う。夫婦喧嘩をしてもお互いを理解し、我慢することもあっただろうが、最後は労り合い、感謝し合って家族を守ってきたのだろう。

最近のテレビを見ていると、明るいニュースが少なく暗いニュースが目立つ。バラエティーなどで裸踊りをしているようなバカげた番組も多くなったように思う。つまり浮ついた現代社会の風景を見ているような気がする。これもまた、意味もなくただおかしく楽しければ良いという風潮を表してはいないだろうか。

マスコミは、その報道する内容によって世の中を変えてしまうほどの大きな影響力を持っている。報道は自由であり、文句を言うつもりはないが、子供たちへの影響はないのだろうか。中身のないお笑いだけでよいのだろうか。

暗い報道かお笑いが多くて、あまりテレビを見る気がしない。報道の影響は大きいので、報道機関にはもう少し検討してもらいたいと思う。

少子高齢化の原因はなんだろう。

いろいろあるとは思うけれど、結婚しない男女が多くなったためではないか。では、なぜ結婚しないのか。

一人で自由にしたいから、子供ができたら自由がなくなるし、お金もかかり自分のお小遣いが減ってしまうため思いっきり遊べないからとも聞いた。では病気したらどうするのか。手術となれば保証人が必要、アパートを借りるとしても保証人が必要、年老いたら誰に面倒を見てもらうつもりなのだろう。死んだ後に誰がお葬式をするのか。その他にもまだたくさん、一人ではできないことがある。若くて元気なうちはまだよいとして、高齢となり、体が不自由になって買い物にも行けなくなったとき、どうするつもりなのか。

食べ物はどうする。宅配による弁当かお惣菜である。好きなものを見て選ぶことはできない。つまり檻の中にいる人間ではないか。ただ食べ物を与えられ、生きているだけ。

一人で動けなくなった場合、孤独死を選ぶか施設に入るしかないのである。施設に入居するのにはもちろんお金が必要で、毎月の施設利用料もバカにならない。

自由に楽しく一時期を過ごすのもいいが、蓄えがなくなったときにどうするかを考えておかなければ困るのは自分だ。いつ病気するかわからないし、定年退職までに老後の蓄えができればいいかもしれない。

高齢となって一人ぼっちの生活となり、家族も友人もいなくなって、近くにいるのは施設の介護士や看護師のみか。一人静かに看取る人もいないで寂しく逝ってしまうだけ……童話の中の蟻とキリギリスである。

女性は子供を産む機械といった代議士がいたと思うが、女性に対して大変失礼でもあるし、その大臣の知識、人格は最低であろう。選んだ有権者が悪い……。女性は男性よりも優れていると思うし、男性は絶対に女性に勝つことができないものを持っている。男性はどんなに頑張っても現在の時代しか作れないからである。しかし、女性の場合は次世代を作る能力、体力を持っていると思う。なぜなら、子供を産むことによって、次世代の基礎を築くことができるからだ。これらは男性には絶対というほど不可能なことだろう。

最近は、若い男女に恋人がいない人が数多くいるようである。出会う機会が少ないということもあると思うが、昔のように出しゃばり人間がいなくなったのも原因ではなかろうか。何でも人の世話をするのが好きな人たちがどこにでも必ずいたものだが、考えてみれば時間とお金と知恵を使って人の世話をしても、うまくいって当たり前と思われ、感謝されるどころか文句を言われることもあるのだから、さわらぬ神にたたりなしと他人のことに立ち入らないようになっていったのである。いや、立ち入れない雰囲気を時代が作り出しているのである。

テレビでお見合い企画の番組があったが、もう少し続けてもらえればもっとカップルが誕生していたかもしれない。地方の生活に憧れている人も多かったと思う。このような番組でカップルが地方に誕生すれば、地方の活性化も進むのではないか。もっと続けたらどうだろう。期待している人も案外多いかもしれない。

ノーベル賞

先日、安倍総理がトランプ大統領をノーベル平和賞の候補に推薦しているというような記事を見た。

現在の世界の状況は、非常に不安定になっているのではないか。核開発にしろ、原発にしろ非常に危険性が高いのではないか。ありえないと思いたいが、核戦争が始まったとしたらどうなる。どこか一国がミサイルなり原爆を使用したとき、どうなる。攻撃された国は報復のために同じことをするだろう。敵対する国同士が、お互いに数発の核ミサイルを発射したらどうなる。発射した両国とも滅亡となるだろう。

たとえば冬の偏西風が吹いているとき、川内原発に核ミサイルを撃たれた場合、九州熊本までは被害が出ないか、玄海原発の場合は福岡まで、伊予原発の場合は愛媛県全域に被害が出るのではないか。福島原発の被害を見ても想像できるだろう。日本の原発全部で同じことが言える。さて、そうなったとき、どこに逃げる。いや、逃げる場所はないだろう。同じように各国がお互いに核爆弾を発射したときは、地球の人類すべてなくなるだろう。チェルノブイリ原発の爆発が見本になる。30年以上経った今でも再起できないでいるのをご存じだろう。原子力の怖さである。

まして自然災害も多いのにアメリカはパリ協定から脱退するとともに、ロシアとの核拡散防止協定を破棄してしまった。イランとの協定も破棄した。

今まで世界の指導者として君臨してきたアメリカは、世界の意見を無視し独自の政策を取るようになった。アメリカ国民にとっても、こうしたアメリカファーストが本当に良いことなのか。そのような大統領をもし本当に総理がノーベル平和賞候補に推薦しているのだとしたら、信じられないことである。平和賞ではなく、世界危険最大賞とでも言うべきか。

なぜ安倍総理はトランプ大統領をノーベル平和賞の候補に推薦するのか。アメリカに媚を売っているようにしか見えない。媚を売って何を期待しているのか理解しがたい。民主主義と言いながら、沖縄の辺野古基地造成に関しても、民意は無視しアメリカとの約束だけで工事を進める。そうすることが本当に正しいのか。本当にアメリカは日本を守ってくれるのか。いや、守れるのか。

今まで平和だった日本が他国に合わせるように軍備増強することが果たしてよいのか。再び戦争を呼ぶのではないか。他に日本を守る術はないのだろうか。中国の軍備拡張、北朝鮮の核開発、ロシアの核開発、ましてや今までアメリカの同盟国と思われた韓国の日本に対する世論、本当にアメリカを信用できるのか。疑問である。

日本沈没を防ぐために我々は何をすべきなのか。そろそろ真剣に考えなければならない。

あとがき

本書を読まれて、私の意見に賛同される方、非難される方等いろいろあると思います。

小生は物書きではありませんが、最近の政治経済、そして世界の状況を見ていて不安と疑問を感じ、思うままに自分の考えを述べてみました。もちろん、与野党の批判をするつもりはなく、今の政治や最近の政治家を見ていて政治自体に不信を感じるだけで偏見はありません。

果たして今後日本はどこに行くのか、そして何をしようとしているのか知りたいものです。オレオレ詐欺、アポ電強盗、あおり運転、子供の虐待、自殺等、このところ目に余る出来事ばかりが続いています。日本はどうしてこのような世の中に、このような国になってしまったのでしょう。

自分たちのことだけでなく、私たちそれぞれが日本の未来や地球の未来について、もっと真面目に考える時期に来ているように思います。

土田　喜三（つちだ　よしぞう）

1942年生まれ
高校卒業後、1972年に建築設計事務所を開設。現在に至る

どこに行く日本

2019年7月20日　第1刷発行

著　者　土田喜三
発行人　大杉　剛
発行所　株式会社 風詠社
〒553-0001　大阪市福島区海老江5-2-2
大拓ビル5 - 7階
TEL 06（6136）8657　http://fueisha.com/
発売元　株式会社 星雲社
〒112-0005　東京都文京区水道1-3-30
TEL 03（3868）3275
装幀　2DAY
印刷・製本　シナノ印刷株式会社

ISBN978-4-434-26358-3 C0095

乱丁・落丁本は風詠社宛にお送りください。お取り替えいたします。